楽しい夢を見ようよ

吉田 斉

文芸社

●楽しい夢を見ようよ

楽しい夢を見ようよ

ぶきっちょ

器用になんて生きていけない
汗にまみれ
涙にまみれ
雑踏の中に埋もれながらも
「俺はここにいるんだ」と
声をからして叫び
ただがむしゃらに走りつづけるだけ

お願いです

踏みつけないで

僕の心を…

震える心

心が震える
自分を抑えられなくなることがある
他人への怒りを抑えきれない
そんな自分への不信が僕の心を襲う

心が震える
これから先の自分を考えると

夢や希望より　恐怖や失望の方が多くなる
そんな自分が情けなく
これじゃいけないと心に言い聞かせる

それでも震えが止まらない
僕はこの先どうなるんだろう…

僕のこの先は…

夢を持とうよ！

夢くらい持っても
誰も文句は言わないよ！

持ってないと…笑われるよ!!

将来

人に優しくできる人
人のことを悪く言わない人
人のことを好きになれる人
自分のことを好きでいられる人
そんな人になりたい

人間不信 一

自分のこと
好きにならなきゃ！

まずは　そこから始めないと…

人間不信　二

ひとのことも
好きにならなきゃ！

ひとって　結構優しいもんだよ…

願い

子供の頃
楽しいことは永遠に続くと思ってた
そうではないことに気付いたのはいつ頃だったろう？
今となっては　少しでも永く続いてほしいと
ただ願うばかり

願うだけでは続かないことを知りながら…

自己採点

いつ頃からかな？
他人からつけられる点数ばかり気にするようになって
自己採点するのを忘れてた

頑張ってますか？　………自分

苦労

わたしは　他人《ひと》よりたくさん苦労しました
でもそれらひとつひとつは
他人《ひと》にとって他愛もないことらしい
どうやら自分が苦労と思ってただけみたい…
自分ひとりだけがあがいてるって…

自分へ

昔のことなんて気にしないで！
今の君の笑顔が素敵なんだから…
そう　笑って!!

心の傷

傷ついた心が
簡単に癒せないのは解ってる
でもその傷が化膿する前に
乾かさないと…

もっと　自分の治癒力を信じて…

上を向いてごらん

くたびれて
下ばかりを向いていないで
青く澄みわたった空を見てごらん
元気が出てくるから!!

変われない私

何かが違う…
何かが違う…って思っていても
何もしなけりゃ
何も変わりはしない！

………わかってんだけどね

凡人

まず自分が凡人であることに気がつかなきゃ
凡人のくせに　自分の才能を夢見て
凡人のくせに　他人を見下して
凡人のくせに　凡人を笑う…
非凡の人はしないことを　平気でやってる凡人がいる
そんな凡人である私も　凡人から脱出したいと願う
凡人のどこがいけないというわけでもないのに…

器

小さな夢を実現して
満足してたら
ダメ！　ダメ!!　ダメ!!!

願望

優しさ
おもいやり
強さ
あたたかさ

う〜ん、難しいぞ…

緑内障

失いゆく光の中で思う
見えなくなったらどうしよう
仕事はどうしよう　家族はどうなるだろう
僕の手から大事にしてたものがこぼれ落ちていく

見えるうちになんとかしなきゃ　と焦るばかり…
早くなんとかしなくちゃ！

もう一人の僕が言う
「焦らなくていいんだよ」と
「両目とも見えない人も頑張って生きてるんだよ」と
「君はまだ片目がちょっと見えにくくなっただけだよ
そのくらいであたふたしちゃってみっともないよ」って

でもやっぱり怖れてる私がいる
自分が誇れる何かを持っていないから…

心の闇

心が晴れない
それはきっと他人のせいではなく
自分の中にある何かのせいなんだ
それが何なのかもわかってるハズなんだけど
わからないふりをしてるだけの自分が情けなく
ますます心に闇がひろがる

まだまだ書けない解答用紙

オレは誰のために仕事してるんだろう?
何で頭下げてばかりなんだろう?
悩んでも悩んでも答が出ません
イヤ　出せません
イヤ　答が出ても書けません
結局　本当の答は出ているんだけど
その答を認めると　人生全て負けてしまうようようで…

等身大の自分

自分の器の大きさがわからないから過信する
でも　先に器の大きさを決めてしまったら
それ以上　何も入らなくなる…
やっぱり器は大きい方が良くて
それがいっぱいいっぱいになるように頑張らなきゃネ!!
だから　自分の器の大きさを認識するのは
人生最後にしよう…

無力なオレ

アレもしたい　コレもしたい
何でもしたい
思うだけで何もやらない
やっぱりネって人から言われる！
「うるさいっ」って叫びながらも
どうせオレにはできないからと　ひとりつぶやく
やってもみないで愚痴だけこぼす…オレ…

ボクちゃん

あしたにしよっ！
って　すぐやめちゃうボクちゃん

それじゃいけないって
わかってんだけどナ

言い訳です

出来るかどうかじゃないんだ！
やるかやらないかの問題だ‼

そんなことは解ってます　って叫びながら
やらないオレがここにいます
やれない言い訳ばかりして

怒りの拳

心の中で振りあげた拳を覚えていますか？
その拳はどうしましたか？
大人という名前のポケットにかくしてはいませんか？

拳を心に

振りあげた拳は
簡単におろしちゃいけない!!
自分の胸に　しっかりと刻んでから…

年相応に…

自分の過ちを責めるのはすぐ止めるのに
人の過ちはいつまでも頭に残る

年齢《とし》のせいだけにするのは
無理があるかもしれないけど
やっぱり頑固になっているのは間違いない
人を許すことができるような

大きな気持ちを持ちたいと願うんだけど
やっぱり頭にくることは頭にくるんだよナァ
まだまだお子ちゃまのオレなんだわ！

といっても
すべてを許すことが大人だとも思わないけどね

まっ　ちっちゃなコトぐらいは…

羨望

羨むのはよそう…
他人の人気
他人の才能
他人の収入
他人の笑顔
羨まれるひとになろう!!

よ〜し

見つけなきゃ
じぶんのやりたいこと

誰も教えてくれないから
自分で探すんだよ

夢心地の酒

子供の頃見た夢を覚えていますか？
友と無邪気に語った虹色の夢を…

今も夢を持っていますか？
飾らず友に語れる夢を持っていますか？

酒飲んで愚痴をこぼすだけじゃ駄目なんだ

夢を語らないと…

夢ってのは叶わないから夢なんじゃなくて
叶うのを願ってるから夢なんだ
希望を持ってるから夢なんだ

虹色の夢を語ろうよ
朝には忘れてるかもしれないけど…

夢

夢だけじゃ食えないってことは解ってる
でもね　夢ぐらいないと
食う気もしないじゃない…

夢を見ようよ

長い長い人生のたった今だけを見て悲観してちゃダメ！
楽しい夢を見ようよ
そして　イヤな思いは捨てていこうよ
心の中に日陰はいらないから…
笑っていようよ！　楽しくなるから…
ほーら　見てごらん！　君の周りが明るくなったよ
君が輝きだしたから…
君が笑っているから…

オレって

おれって
馬鹿ヤロー！
なのかな？
　って思うことがしょっちゅうです!!

ごめん

ほんの些細なことですれ違って　喧嘩して…
相手のせいにして
自分は悪くないんだと思いこむ
ひとのせいにするからますます腹が立つ！
オレは何も悪くないのに　と
もし　もしも自分のせいだとしたら？
　　　う〜ん　早く謝らなきゃ!!

人恋し

人間ってほんとは優しい生き物なのに
それをうまく表現できなくて他人を傷つける
傷つけたことは自分のせいではなくて
相手の勘違いだと思いこむ
私は精一杯優しいのにと…

そうやっていつも傷つけてばかり…

だから　もう人に近づくのはよそう
心を許すのもよそう
だって私も傷つきたくないから…
ただ　そう思っても
人と離れられない私がいる
温もりを感じられる距離を保っていたいと願う私がいる
やっぱりひとりでは生きられない
傷つけ　傷つけられても人が恋しい私がいる

腹が立つ！

無神経なことを平気でやってる奴
自分のことばっかり考えてる奴
金儲けのことばっかり考えてる奴
　いっぱいいいっぱい腹が立つ奴ばかり！
間違ってると声を大にして言えない私も
もしかしたら同じ穴の狢？
自分を信じることができない私に一番腹が立つ!!

おとなのオレ

人間まるくなっちゃって
優しいひとって言われることに慣れてきた
本当はただ言いたいことを言わないようになっただけ
言えないようになっただけ
自分の気持ちをストレートに表現するのが
だんだんヘタになってく自分が怖い
もっと尖って生きていたい

貪欲

少しでも豊かに見せたくて
どんどん心が貧しくなっていく

自分の心を安売りして
見た目の豊かさを買いあさる

親父本

今や為す術もないのか？
このまま老いていくのか？
己の才能のなさを今さら悔いてもしょうがないが
先の不安ばかりが頭をよぎる
他人の成功を羨ましく思いながら…
己の努力の足りなさには気が付きもしないで
今日も親父本を手に取っている

忘れ物

子どもの頃は素直に喜べた
子どもの頃は素直に人を愛せた
子どもの頃は素直に泣けた

大人になって　社会に出て
覚えることがいっぱいあったけど
一生懸命頑張った

いっぱいいっぱい覚えた
仕事のこと　社会の仕組み
女のこと　かけひき…
それとひき替えに大事な何かを忘れてきた気がする
どこに置いてきたんだろうか？
いつ失ったんだろうか？
素直に喜び　泣き　哀しみ　笑う
そんな真っ白な心を…

自分

何がしたかったんだろう
何をしたらいいんだろう

いま何がしたいんだろう
自分のこと……見えてない

虚弱性質

自分がやりたいこと
胸張って言える？

恥ずかしがってるようじゃ
実現するのは遠いかな…

感謝されたい感謝しない私

ひとに感謝することを忘れて　全部自分の力でやれたと思ってる
いつしかひとに頭を下げることをしなくなる
頭を下げることを恥ずかしいことと思うようになる
感謝して頭を下げることを　媚びることと誤解している
そのくせ　ひとに何かをしてあげたのに感謝されないと腹を立てる
……そもそも　してあげたと思っている気持ちが
ただの思い上がりとは気付かずに！

風の声

いたわっているふりして
平気でひとのことを傷つけている
他人のことなんて何もわかっちゃいない
ただのひとりよがりで生きてる
風がささやく
そんな人生寂しいよって…
わかってんだけど…

大人になりたい

人に優しくしてもらいたい
人に見ていてもらいたい
人に覚えていてもらいたい
人に愛してもらいたい
…いつも自分のことばかり!!
まだまだ子どもの私が望むことは…

無理だろうか？

ひとに優しくできる
強さが欲しい!!

春の薫り

やわらかな日射しのなか
春の薫りを嗅ぎながら思う
この春という季節をいつまでも喜べる私でありたいと…
眩しいほどの木々の緑
どこからか聞こえてくる鳥のさえずり
子どもたちの高らかな声
新しい命がどんどん吹き出てくる…希望とともに！

短い命《とき》

風に揺れ　樹々が踊る
緑葉が皆で肩を組み歌う
きらきら陽の中　春を楽しむように踊り　歌う
やがてヒラヒラと舞い落ちる秋が来るまでの
短い命を惜しむように踊り　歌う
けっして落ちることを怖れずに
今ある命を喜びながら踊り　歌う

さみしい人間

ひとの夢を笑う奴は
嫌われるぞ!!

夢を持ってない奴に限って
ひとの夢を笑うんだ

僕って？

ひとを傷つけるヤツがいる
ひとを愛するヤツがいる
ひとを不快にさせるヤツがいる
ひとを喜ばせるヤツがいる

僕はどのタイプ？

虚人

あなたは一体　何者なんですか？
そんなに着飾って
そんなに威張って
そんなに嘘ついて
心は隠せないんですよ！
…なんてこと言われないようにしないと!!

たまご

こわさなきゃ！
自分の夢を閉じこめてる
かた〜い殻を…

そんなことない

他人の心なんて
初めからわからないんだ
それを知ろうとするから
悩んじゃうんだ
無駄な努力するから！
…………そんなことないよね　そんなこと

鍵

ボクの心の鍵
合い鍵は何人に渡したかな？
かみさんと　二人の子どもと　おふくろと
ほんのちょっとの友だちと…
う〜ん　もう少し合い鍵作って
たくさんのひとに渡さなきゃ…

生き物だから

生きなくちゃ！
なんとしても！
それが
一番大事!!

樹

風が駆け抜け　樹々がざわめく
鳥が歌い　樹々が笑う
ひとたちよ
風の声を聴き　鳥とともに歌おう
太陽に笑い　雨を喜び　樹々と生きよう
真っ直ぐ太陽に向かって伸びていく
樹々のように生きよう

五月

キラキラと降りそそぐ陽の光の中
砂を蹴散らし吹く風に
木々の葉がざわめき　私の心も躍る
さぁ　でかけよう
青空の下へ
さぁ　でかけよう
みんな一緒に！

命

空はどこまでも青く
果てなんてない
陽の光をさえぎる黒い雲も
いつかは雨となって地を洗う
きれいになった地球は
新たな命を生む

生まれたところ

緑がきれいでさ
空気がおいしんだ
かわいい花がこっち見て微笑んで
小鳥たちは楽しそうに踊ってる
虫たちもなにやら大合唱！
年とったらそんなところで暮らしたいと願う
いつまであるかな…自然

平和が一番

男もいれば女もいる
白黒いれば黄色もいる
それぞれ信じる神様や仏様もいろいろ…
それでもみんなおんなじ地球《ほし》の上で生きている
みんなおんなじ　ひと　ひと　ひと
喧嘩なんてやめようよ!!
子どもじゃないんだから!!

僕らの街なんだ

平和な街も　戦争している街も
助け合ってる街も　歪んでる街も
楽しい街も　悲しい街も
子どもが笑ってる街も　子どもが泣いてる街も
みんな僕らが作ってる
僕らが作ってる僕らの街なんだ

楽しい詩

ひとの心なんて
すぐに折れてしまうから
悲しい詩を創るのは難しいことじゃない
どうせ創るのなら
心が温かくなるような
楽しい詩を創りたい

小さな花

去年はなかった場所に花が咲いている
こぼれた種子が根を下ろしたんだろう

雑草の中に埋もれ
淡い淡いピンクの花が咲いている
けっして大きな花じゃなく
ほんの小さな花なんだけど

真っすぐに伸びた茎の上で
こっちを見つめ咲いている

私はここにいるよ　と咲いている
「踏みつけないで　私はここにいるよ」
小さな花は咲いている

きっと来年も咲いている

壊れる青空

朝　起きたときに見る青空が好きです
たとえ少しくらいの雲があっても
いつかは晴れる空が好きです

地面が焼けただれ
立ちのぼる煙が覆う空なんて見たくない
たとえどんな理由があっても

この青空を奪う権利なんてないはずです
お願いです　空を壊さないで…
僕はただ青い空を見ていたいだけなんです
きっとみんなの思いもおなじはずです
空も　海も　土も　樹々も　何もかも
みんなに平等に与えられたものなんです
僕は青い空を見るのが大好きです
ただ大好きなんです　お願いです…

朽木

朽ち果てた木が美しく見える
風に吹かれ、雨が刺さりながらも
懸命に生きてきた木が…
私は願う
年老いた時に美しくありたいと…

ゆっくり

前を向いて歩こうよ
無理して走らなくてもいいから
息切れしないように
ゆっくり　ゆっくり歩こうよ
周りの景色を眺めながら
ゆっくり　ゆっくり

成功って？

成功した人は言う
「チャンスは誰にでもある
ただそれを見逃さずに掴むかどうかだ」って…
僕にもチャンスはあるだろうか？
それは見えるんだろうか？
「今だ！」って誰かが教えてくれるんだろうか？
…そんなハズはないよね

じゃあ　成功した人と僕はどこが違うんだろうか？
頭の中身？　努力の数？
僕が登ろうとしている山は高すぎるんだろうか？
どこまで登れば成功したと言われるんだろうか？
いったい成功ってなんだろうか？
ちょっと待って！
いったい僕は何をやりたかったんだろう？
アレ？　自分のやりたいことすら見えなくなってる…

勝ち負け

負けるもんかって思うことって
大事だよネ

負けたことを素直に認めることは
もっと大事なんだろうけど…

小石

オレは小石
小さな川の小さな流れにも揺れる小石

強い流れにも動じない
大きな強い岩になりたい

前へ

あなたは何がしたいの？
それがわからないから立ち止まってるの？
それじゃ　前へ進めなんて言えないよね
どっちが前かもわからないんだから…
ゆっくり考えようね
あなたの進む方向はどっちかって

ゴール

あなたのゴールはそこですか？
って自分に聞いてみる
まだまだっ！
俺はやりたいことの半分もやってない！
やりたいことって？

翔べない鳩

いつのまにか　時計のように
規則正しくカチカチと回っているだけ
となりの歯車が言う
「お〜い　今日も残業！
後で飲みに行こうや！」
オレは言う
「今日は絡むなよ！」
体が欠けるまで交代は許されない

欠けてしまったらゴミ箱行き
たまには止まってみたり
反対に回ってみたりしたいのに…
それでもオレは回る　カチカチと
捨てられないように　カチカチと

時を刻む鳩が鳴く
いつか翔び立つ夢を見ながら…
決して翔べない鳩が鳴く

光

僕の心の中に棲む　悪魔と天使と
どっちが強いだろう?
ときどき天使なんかいないんじゃないかと思うことさえある
それって悲しいよね
自分が強い心を持ってないと
人に優しくなんてしてあげられない
でも　だんだん僕の心の中の闇がひろがり

光が射し込まなくなっている

だれか僕の心に光をあててくれないか！
そしたら僕も　人に光を分けてあげられるかもしれない
だって自分にも不足しているものを
人にはあげられないから…

無力な僕は自分で光を創ることなんてできないから…

明日

人に怯え　人に媚びる
それは仕方のないことだと自分に教え諭す

人を恐れず　人に媚びず
堂々とした自分でありたいのに…
現実は甘くないのだと教え諭す
食べていくためには仕方のないことだと教え諭す

諭されることが多すぎて
胸から怒りが溢れてくる
自分の不甲斐なさに対する怒りが溢れてくる
悔し涙とともに…

それでも明日は来る
生きることをやめない限り明日は来る
どうせやって来る明日なら笑って過ごしたいと願う

雲のように

どこまでも青く広がる空を
流れる雲は気ままに進む
私の心はどんよりと暗く日が陰る
先の見えない不安がいっぱいで
今まで築き上げてきたモノが
少しずつ土台から崩れていく気がする
一人心を病みながら

家族や友達の前では笑顔を見せる
今　何をすべきかさえもわからず
只　彷徨と日々を過ごす自分を責めながら…
普通に暮らしていくことがこんなにも大変なのかと
四十間近になって初めて気付く

私は雲になりたい
消えることを恐れず気ままに流れる雲になりたい

対等

今の自分に足りないものは何？
何を補えば人に追いつくの？
頑張ってるのに　人に離されるような気がする
おいてきぼりにされるようで不安がいっぱい
何をしたらいいの？
何をどれだけ努力すれば人に追いつくの？
頑張っても頑張っても成長しない自分が悲しい

見下されてるようで悲しくなる
どうすれば追いつくの？
どうすれば対等になれるの？
……追いつく必要はあるの？
対等じゃないと思ってるの？

そんな自分をまず変えようよ!!

背伸び

それは背伸びをしても届かない
高い高いところにある
少しぐらい頑張っても届かない
高い高いところにある
それでもあきらめちゃダメだ！
あきらめたら永久に届くことはない
あきらめなけりゃいつかは届くはず…と思い込むんだ！

そしたら
きっときっと届くはず…
それに手が届くようになると
それよりもっと高いところにあるものが見えてくる
それにもきっといつかは手が届くはず…
あきらめなきゃ　きっと届くはず…
ぐ～んと背伸びしよう!!
上を見つめて思いっきり背伸びしよう!!

モヤモヤ

なぜかモヤモヤしている
このモヤモヤは何だろう？

仕事に対する不安
家族や友達に対する不安
この先自分のあるべき姿が見えない不安
不安ばかりが頭の中をグルグル回ってる

他の人はどうなんだろう？
同じように不安を抱えてるんだろうか？
こんなこと考えてるのは自分だけじゃないだろうか？
ますます心の中にモヤモヤが広がる
いつ晴れるかわからないモヤモヤに怯え心を閉ざす

閉ざした心を開ける鍵を持っているのは
やっぱり自分なのに…

鏡の中の私

他人《ひと》は他人《ひと》　なんて思えないかもしれないけど
たとえスタート地点が同じでも
考え方　やり方　人それぞれ…
追いつこうなんて考えない方がいい
決して置いていかれたわけじゃないんだから…
あなたはあなたの道を
あなたの考えるように

あなたがやりたいように
ゆっくりでいいから歩いていけばいい
人の背中を見るんじゃなく
鏡の中の自分を見つめながら…
だってあなたの人生なんだよ！

鏡の中のあなたは輝いていますか？
鏡を真っ直ぐ見ることができますか？

嘘つき

人と関わらずには生きていけないこの世の中で
人を恐れ　作り笑いをみせる自分を
悲しく思いながらも
これでもか　これでもかと襲いかかる
他人の思いやりのかけらもない言葉に怯え
ただ生きている
自分の価値さえも見いだせず　ただ生きている

いっそ全ての関係をぶち壊してしまいたい
そう願うこともしばしばあるが
それも怖くてできない
結局　自分の冷たさや　自信のなさや
つまりはホントの自分の姿を人前に曝すのが怖くて
みんなに嘘をついているのが怖くて
ただ怯えながら生きている
そんな嘘つきの私の上にも陽は昇る

終止符

人がどう思うとか
人がどう行動するとか関係なく
自分がどうしたいかが問題なのに
もし　それをやっちゃったら
人からどう思われるだろうか
今までと同じに接してくれるだろうか
そんなコトばかり考えて前に進めない

それは　自分の自信のなさを単に人のせいにして
自分に言い訳してるだけなんだ
それを解っていても　何もできない私はもういらない？
いや　そんなことはないさ
きっといつかは　何かが変わってる
大事なことは諦めないことなんだ
自分で終止符を打たない限り　何かが変わる
前だけを見つめていれば…きっと変わる

いっぱいいっぱい　一杯

毎日　いっぱいいっぱいで生きています

仕事のコトでいっぱいいっぱい
家族のコトでいっぱいいっぱい
生活のコトでいっぱいいっぱい
将来のコトでいっぱいいっぱい
息をするコトも苦しくなることがある

こんなにいっぱいいっぱいなのに
夜はちゃんと眠れるし
朝もキチンと起きてます
こんなオレってずっとこのままなのかな？
死ぬまでいっぱいいっぱいなのかな？
ウッ!!　苦しい!!
酒でも飲も　飲も…
とりあえず　まだ酒は美味いと感じてます

雨のち晴れ!!

落ち込まないで！
今　降ってる雨は
あなただけに降ってるわけじゃないから…
そのうちきっと晴れるから！
心の傘をしっかりさして
前を向いて歩いていれば
きっときっと晴れるから！
やまなかった雨はないんだから…

雨があがったとき　ニッコリ笑えるように
今はゆっくり歩いていよう！
きっときっと晴れるから!!
太陽はみんなのものだから…
歩くのを止めちゃいけない
自分で道を閉ざしちゃいけない

きっときっと晴れるから!!
みんな頑張れ!!

光を求めて

僕は暗闇の中で探しモノをしている
何処に何があるのかもわからず
誰がいるのかもわからず
手をさしのべられても気付かず
大事なモノさえも踏みつけてしまい
一筋の光さえもない暗闇の中で
ひとりもがいている

自分の居所を探してもがいている
いつかきっと光が射し込み
探しモノは見つかると信じて…
決してこれ以上暗くはならない
暗闇の中でもがいている
光を求めて…

心は負けない？

金持ちでは負けるけど
心は絶対に負けない！

…でもときどきへこんでるボクがいるんだ

そんな時はいっつも思うんだ
今のオレは本当のオレじゃないんだ

きっと未来はボクのためにあるんだ
成功しているボクがいるはずだ…
ってね！

こんなコト考えてるってことは
今は負けてるって認めてる証拠だよ

今の自分に自信がないから…
心が負けてるから…

弱虫

私は弱虫!!
本当は弱いのに人前では見栄を張り
強いふりをする
それがものすごくカッコ悪いってことは
解っているのにやめられない…
馬鹿だよね!
私は弱虫!!

本当の自分を曝けだすことが怖くてできない
本当の自分を認めることが怖くてできない
他人に笑われたくない
笑われてる自分を想像したくない
全部　ぜ～んぶ自分の心の中でのことなのに…

そんな私でも夢はある
これも笑われるのが怖くてとても言えない

空想家

夢はあるけど
時間《いま》におわれて努力する暇がない
なんて言ってるけど
それは夢とかじゃなくて
現実から逃れるためにボクが創った空想
空想の世界では
ボクはヒーローでお金持ち！

欲しいモノはすべて手にはいる

でも　現実のボクは小心者で
貧乏とまではいわないまでも金がなく
人に何かを与えることもなく
人を羨むばかりの空想家
ああなりたい　こうなりたいと願う空想家
ちっちゃなちっちゃな空想家

隣の芝は青く光ってる

あの人の方が　僕より給料が高い
僕より可愛い彼女を連れてる
僕より休みが多い
僕より友達が多い
僕より…

だから
いつかあの人を追い越してやる！

必ず追い越してやる！

追い越すと　また
僕より上の別のあの人が出てくるんだ
だからまた　あの人を追い越してやる！

隣の芝が青く光って見えないようになったとき
僕の人生も終わる…

想い出

簡単には忘れられない【想い出】
いっぱいあるよネ

でも生きてるのは現在《いま》なんだから
昔の想い出に浸って
現在《いま》から逃げても何も生まれない！
現在《いま》が【想い出】になるとき

やっぱりいい想い出にするためには
現在《いま》を楽しんでなきゃ駄目なんだ!!
【想い出】を捨てるんじゃなくて
今から起こることを精一杯楽しんで
沢山沢山の【想い出】を創ることが大事なんだ

人生最後の箱に入るとき
笑っていられるように…

爾今

挨拶を忘れちゃいけない
感謝を忘れちゃいけない
自然を壊しているのは
人間だということを忘れちゃいけない
自分の夢を壊しているのは
自分だと言うことを忘れちゃいけない
何か望むことがあるときは

愚痴や文句を言わず
前向いて頑張らなきゃいけない
頑張っている人がいるときは
決して笑わず認めてあげなければいけない

そして
頑張っていれば必ず報われるはずで
成し遂げたときにはきっと強い人間になってるはずだ

果てのない道

人が創ってくれた道を　ただ歩いているだけじゃ
欲望を満たすほどのモノは落ちていない
自分で新しく道を創ったからといって
それが落ちているとは限らないが
第一発見者になる可能性はあるはずだ
険しい山を切り開いていく勇気がありますか？
他人を追いかけず　自分の信念に従い

何も落ちていないかもしれないところに足を踏み入れ
道を創っていく自信がありますか？
誰も探してくれないかもしれない
誰も追いかけてきてくれないかもしれない
それでも創りますか？
果てのない道を…
自分だけの人生を…
　　決めるのはあなたです

さぁ!!

君のその闘う姿を笑う愚か者もいるだろう
君のその笑顔を妬む者もいるだろう
きっと君が何かを摑むことを知らずに…

そのまま行けばいい
他人の情け容赦ない言葉なんて気にも止めず
ただ　自分を疑うことだけは決してしないようにして

走らなくてもいいから
ときどき立ち止まってもいいから
ゆっくりでいいから
そのまま行けばいい

その先にある君の未来に向かって
必ずある君の輝く未来に向かって
さぁ　道は開けてる!!

楽しい夢を見ようよ

楽しい夢を見ようよ
あんなこと　こんなことを
いっぱいいっぱい夢を見ようよ！

精一杯ここまで走ってきたんだから
うしろなんて振り向かず
立ちはだかる壁の向こうにある

輝く未来を夢見ようよ

きっとある本当の自分を探して
その壁を壊すんだ
現在《いま》の苦しみなんて
あまり深く考えるのはやめて
君の輝く未来を夢見て歩くんだ
その壁を壊せるのは
君自身だけなんだ

壊すことをためらっちゃだめなんだ
きっとある　もっと高いところにある
君の本当の姿を探すためには
壁を壊さなきゃ！

さぁ　楽しい夢を見ようよ
いっぱいの楽しい夢を見ようよ

みんなが待ってる壁の向こうに行くんだ!!
さぁ　勇気を出して壁を壊すんだ!!
ホラ！　みんな待ってたよ!!
いらっしゃい！　希望の街へ
ようこそ！　夢の街へ!!

●著者プロフィール

吉田 斉（よしだ・ひとし）

1962年2月5日、福岡県で生まれる。

以後、福岡市内にて小・中・高校生活を送る。

福岡市立福岡西陵高校卒業後、浪人生活を送る中、印刷物のデザイン・制作の仕事に出会い、そのまま印刷業界に入る。33歳の時に独立して現在に至る。

サラリーマン時代や独立開業してからの心の葛藤と、時の流れに翻弄される人たちの心を重ね、楽しい夢を見ることの大切さを訴え創作活動を続けている。

楽しい夢を見ようよ

2002年5月15日　初版第1刷発行

著　者　吉田 斉
発行者　瓜谷 綱延
発行所　株式会社 文芸社
〒160-0022　東京都新宿区新宿1-10-1
電話　03-5369-3060（編集）
03-5369-2299（販売）
振替　00190-8-728265
印刷所　株式会社平河工業社

ISBN4-8355-3781-5 C0092